KB125095

그리움은 이제 그만

그리움은 이제 그만

초판1쇄 발행 | 2009년 4월 7일
초판5쇄 발행 | 2011년 2월 15일

지은이 | 임우현
펴낸이 | 박대용
펴낸곳 | 도서출판 징검다리

주소 | 413-834 경기도 파주시 교하읍 산남리 292-8
전화 | 031)957-3890,3891 팩스 031)957-3889
이메일 | zinggumdari@hanmail.net

출판등록 | 제 10-1574호
등록일자 | 1998년 4월 3일

그리움은 이제 그만

임우현

징검다리

거련이를 소개합니다.

거련이는 제가 보건소에 근무하던 충북 보은군 탄부면에서 태어난 촌놈입니다.

제 딴에는 항상 유행을 따라가고 세련되게 보이려 노력하지만 "~하는겨?"라고 말하는 것으로 볼 때 그 출신은 감출 수가 없습니다.

1990년 1월26일 생인데 나이가 많아 보이는 게 좋은지 잘 모르는 사람에게는 88년생이라 거짓말도 하고 음력으로는 1989년 12월30일생이라 꼭 80년대에 태어났다고 우깁니다.

그의 독특한 이름은 제 할아버지가 삼국사기에서 찾아낸 고구려 장수왕의 이름인데 '큰 제기그릇'이란 뜻입니다.

저는 아직도 그와 같은 이름을 본 적이 없습니다.

거련이의 초등학교 일기장을 보면 '오늘도 참 즐거운 날이었다’로 끝마치는데 실제로 정말 재밌고 행복하게 살았습니다.

거련이는 세광중학교 3학년(2004년) 때 미국으로 유학 갔습니다.

공부를 잘 해서 간 건 아니고 중학교 때 선생님께서 예술계통에서 공부하지 않는 한 한국에서 생활하기 쉽지 않을 거란 말씀에 좀 더 자유로운 삶을 살라고 보냈습니다.

오하이오주 톨레도에 있는 세인트 존스 고등학교에 다녔는데 그 곳에서는 명문이라고 자랑을 하면서도 남자고등학교라 여학생이 없는 것이 참 아쉽다고 했습니다.

거련이는 미술에 재능이 있었습니다.

그런데 자기는 돈을 많이 벌어야 된다며 전공은 하지 않겠다고 하더니 하늘로 가기 며칠 전 자동차디자인을 공부하기로 결정했다고 흥분하면서 얘기했습니다.

키는 177센티미터이고 운동도 많이 해서 몸도 아주 좋았습니다.

저와는 자주 긴 머리카락 때문에 부딪쳤는데 큰 얼굴을 좀 가려줘야 한다며 어쩔 수 없다고 하였습니다.

어렸을 때는 정말 귀엽고 예뻤습니다.

저는 아직까지 그렇게 귀여운 아이를 본 적이 없습니다.

커가면서 그 모습이 많이 없어지긴 했으나 그 정도면 잘 생긴 편이고 매력적이라 할 수 있겠습니다.

성격은 좀 소심하고 내성적이었는데 남을 즐겁게 해주는 것을 좋아했고 남을 배려하는 매너 있는 행동은 타고나지 않고는 할 수 없을 정도였습니다.

연년생 동생이 태어났을 때 말도 잘 못하고 자기도 우유를 못 뗀 주제에 동생에게 우유를 먹여주며 늘 토닥여 주고 뽀뽀해 주던 모습이 아직도 생생하게 기억납니다.

성장해 가면서 붙임성이 좋아져 정말 쉽게 친구들을 만들었고 어린아이부터 할머니까지 그 친구의 층도 다양했습니다.

말로만 듣던 엄청난 수의 친구들의 실체는 장례식장에서 확인되었습니다.

오죽하면 장례식장을 지나던 택시기사가 유명인사가 죽었냐고 물었을 정도였으니까요.

거련이는 교회는 열심히 다녔으나 신실한 믿음은 없었습니다.

그래도 '착한문제아'로 불리면서도 전도는 열심히 했습니다.

방학 때 나와 두어 달 다니면서 전도한 수가 제가 평생 전도한 수보다 많았습니다.

거련이는 그렇게 깎기 싫어하던 머리를 단정히 자르고 가장 아끼던 양복을 차려 입은 채 자기 방에서 잠자는 듯이 평안한 모습으로 18년 10개월의 짧은 삶을 살고 엄마의 생일에 천국으로 갔습니다.

현재 거련이의 유골은 청주 목련원 102실에 안치되어 있습니다.

프롤로그

19살 난 제자가 있었답니다.

만난 곳은 교회이며 관계는

전도사와 중학생으로

목사와 고등학생으로

스승과 제자로

그렇게 중학교 1학년부터 만난 만남에

때로는 친 가족 이상으로

때로는 말썽쟁이 제자로

때로는 든든한 제자로

그렇게 살아가던 어느 날

걸려온 한 통의 전화 후에

달려간 병원 영안실에서

거련이와의 마지막 만남을

가져야만 했습니다.

모든 가족들이
모든 친구들이
거련이를 아는 모든 이들이
충격에 잠겨 버리고
아픔과 슬픔에 빠져 있을 때
삼일 내내 영안실을 지키고
마지막 화장을 하여
하늘로 올려 보내던 날
하늘을 보며
거련이와 약속을 했습니다.
거련아!
등대가 되어주렴.
먼저 간 하늘나라에서
살아남아
살아야 할
우리들에게
이 세상 어찌 살지
이제 등대가 되어주렴…
오늘도
힘들고 어려워도

하늘에서 비추는

한 줄기 불빛을 보며

살아만 있어도

살아가야 할

사명을 확인하는

날들이길 기도하며

거련아!

부디 오늘날

우리 시대의

우리들의

등대가 되어주렴…

서울에서 널 보내고 아무것도 해 줄 수 없는 못난 목사가…

머리말

너무나도 소중히 여기던 제자를 하늘나라로 보내고
친 가족 이상으로 가까웠던 사랑하는 유족들과
이전엔 몰랐지만 너무나도 사랑했던 제자 거련이에게
전해주지 못한 이야기들을 써 보았습니다.
거련이와 가족들에게만 전할 수도 있지만
세상을 살면서 거련이와 같은 건강한 아이들을 많이
만날 것이기에 이제 다시는 후회 없는 삶을 살아가며
감당해야 할 사명을 깨달아 가기에
이제 또 다른 누군가에는 늦었어 라고 말하지 않으려
또 다시 글을 써 봅니다.
12번째 시집이 이렇게 가슴 아픈 내용일지는
한 번도 예상한 적이 없지만
그러나 어느 날 시간이 흘러 저 하늘에서

다시금 사랑하는 사람들을 만난다면

그 때에는 진심어린 감사가 되길 소망하는 마음으로

한자 한자 남기어 봅니다.

거련이를 사랑하고

민족의 십대들을 사랑하는

부족한 목사 임 우 현

Contents

아빠가 아는 서거련은? ···4
프롤로그 ···7
머리말 ···10

01 기련이에요!

사람들은 ··· 16 네가 바라보는 그곳···18
노란조끼···20 왕 소심···22
개구쟁이···24 무슨 생각하니?···26
날아라···28 친구들···30
어린아이···32 잘가···34
마지막···36 동행···38
가족사진···40 고맙다···42
면허증···44 흔적···46 하늘···49

02 등대가 되어주렴

감사 찬송···52 약속···54
정직···56 또 다른 눈···58
자랑···60 재벌···62
사람관리···64 함께 있는 사람···66
가족···68 한번 더···69
천국···70 사랑···72
후회···74 하나님은···76
친구들···78 소수민족···80

나눔…82 행복…84
웃어봅니다…85 천사…86
잘할게…87 공부…88
등대…90 등대지기…92
그래 가라…94 고속철도…96
행복바이러스…98 선물…100
남겨진 추억…102 자! 다시 갑시다…104

03 널 보낸 후 아직 다 못 다한 이야기들

습관…108 후회…109
만남…110 해보자…112
여기는 이상무…114 믿음…116
기다려…118 공부해라…120
버림…121 나이…122
아직 남겨진 꿈…124 비밀 글…126
스케줄…128 넌 어떠니?…130
아쉬움…132 바보…134
향기…136 마지막 부탁…138

아직도 못 다한 사랑이야기   …142
서거련 방명록   …150

01 거련이예요!

거련이를 모르는 분들에게…

세상에는 서거련이라는 학생을
모르는 분들이 많이 계시지요.
그래도 대한민국 충북 청주에 살던
19살난 어린 남학생인 거련이를
한번이라도 만나셨다면
아마 당신도 거련이와의 소중한
친구가 됐을 겁니다.
어린아이부터 동생들, 친구들, 선배들
부모님까지 모두다 거련이의 팬이었거든요.
2008년 12월 어느 날
우리들은 하나님이 너무나도 사랑하고
사람들이 너무나도 사랑하던
거련이를 하늘나라로 보내게 되었고
그럼에도 언젠가 다시 만날 그 날을 기다리며
오늘 하루도 기쁨과 감사함으로 살아간답니다.
여기 그 거련이를 잠시 소개합니다.
진짜 거련이의 천분의 일 만분의 일도 안 되지만
조금은 알려 드리고 싶습니다.

사람들은

너의

모습을

만들기를 좋아했고

너와

언제나

함께 하길 좋아했고

너를

남에게

소개하길 좋아 했단다

너는

조금은

부담스러워했고

너는

약간은

어색하기도 했지만

그래도

언제나

넌
사람들에게
기쁨이었단다

네가 바라보는 그곳

늘
남들과는
다른 곳을
바라보더니
이제는
그 누구도
바라보지
못하는
그곳에 있구나
네가 바라보는
그곳은
지금
어떠한지
넌
언제나
우리와는
다른 곳을

바라보고

살아가는구나

노란조끼

언제나

매년

여름과

겨울이 다가오면

멋있는

모든

유행을

뿌리치고

네가 선택한

노란조끼는

이번

방학에도

어느

누군가를 통해

청소년을

살리는

멋진

봉사의 조끼가 될거란다

고맙다

거련아

왕 소심

으구
언제나
넌 왕소심
이었단다
덩치는 큰데
언제나
수줍게 웃고
언제나
작게
보여주는
승리의 표시는
그러기에
더
이뻐 보였나보다
이제는
웃어라
너 크고 기쁘게

두 손을
높이 들고
브이를 그리며
'하하' 하며
크게
웃어 주거라

개구쟁이

어찌나
개구쟁이인지
얼마나
인기쟁이인지
얼마나
매력남이었는지
사진만 봐도
다 알겠구나
으이구
못 말릴
개구쟁이
못 따라갈
인기쟁이야
부러운
매력남
...
멋있다

무슨 생각하니?

수평선

너머

해도지고

하루가

끝이나는데

넌

무슨 생각을 하니?

도무지

머릿속에

무슨 생각이

그리 많은지

알다가도

모르지만

그래도

믿는다

네가 감은

그 두 눈 안에

우리가 못 보는
세상이 있었음을
이제는
믿는다

날아라

망망대해

갈매기 처럼

이제는

가장

높이 나는

갈매기가 되어

아빠 마음도

이제는

동생 마음도

그리고

우리 모두의

마음도

다 가지고

이제는

날아가거라

언제나

우리 위에서

날아주렴

친구들

미국에서
공부하고
있을 때에는
한국에 있는
친구들이
널 그리워하고
있었고
한국에서
방학을
보내고 있을 때에는
미국에서
친구들이
널 그리워하고
있었는데
이제는
한국과 미국
모든 친구들이

널 그리워

하고 있구나

나중에

그곳에서

네 친구들 좀

다 소개해주라

소중한

네 친구들을

GAINESVILLE CHRISTIAN ACADEMY · GAINESVILLE, FLORIDA 2000 - 2001
MRS. ALISA EPPERSON, PRINCIPAL   MRS. NORMA MILTON - GRADE 4
FRONT ROW: MRS. NORMA MILTON-COURTNEY RIST-STANSEY LURYAROV-ALLISON NICK-CHARLES POINDEXTER-KEILAH TRUJILLO-CHRIS SMITH
JORDANNA GASCHE-SECOND ROW: MIRANDA HEFLIN-HYUNWOO YEON-ANDREW DAGEN-MICHAEL POWERS-JACOB GODWIN-LARISA BEEBE
TYLER BOBBITT-THIRD ROW: HANNAH CONSTANTIN-DANIEL SEO-BRYCE STARR-TYLER HUNTER-KATIE LITTLE-JOHN CHARLESWORTH
YUN SAN KIM

어린아이

지금도
언제나
장난치고
개구쟁이 같던
네 모습이
눈에 선하구나
아마도
어린아이 같다는
이야기가
너에게
맞는 이야기가
아닐까?
어린시절
네 모습이
지금의
네 모습과
전혀

다르지 않음은
넌
언제나
생각이
착했던
그런
사람이었단다
어린
아이처럼

잘가

눈물은
참다가
참다가
네 영정사진을
보는 순간에는
도무지
참을수가
없었단다
3일간을
사진속의
네 모습을
바라보는 동안
살아서도
많은 사람들을
웃게 만들더니
3일만에
많은 사람들을

울게 만들어 버린

너 때문에

많이 슬펐지만

이제는

다시 힘을 내어

널 보낸다

영원한 이별이

아니기에

거련아!

우리 나중에

천국에서 만나자

잘가

조심히 가!

마지막

모든
장례 절차의
마지막이구나
3일간의
모든 일정을
마치고
너의 흔적을
그곳에
남겨두고
돌아왔단다
어느 날
그냥
어느 날
다시 한번
네가 생각날 때
찾아가
볼 수 있기에

이제는
그것만으로라도
감사한다
그곳에서도
많은 사람들
잘 돌보며
살아야 한다

동행

언제나

너와 같이

걸어주던

아빠를 위해

지금도

네가 함께

걸어 주고 있겠지

아빠가

새로운 사명에

첫 발걸음

내딛기

시작했단다

아마도

너의

도움 없이는

힘들거야

태어날때부터

지금까지
네가
같이 걸어왔듯이
이제는
영혼을 위한
사명의 길
같이 걸어가자
나와도
같이 가주고
네가
참 고맙다

가족사진

어릴적
가족 사진에는
아빠가
널 안고 있었고
청소년이
되어서는
엄마가
널 안고 있었고
이제는
성인이 되는
즈음에는
네가
아빠 엄마를
이어주고 있구나
네가
목숨처럼
사랑했던

너의 가족

아무리

힘들고 어려워도

천국소망 가지고

이 땅에서

그 누구보다

더 기쁘고

더 행복하게

살아가기를

다음번

가족사진은

네가 있는

그곳으로

가족들이랑

올라갈게

고맙다

개구쟁이

라도 좋다

튼튼하게만

자라다오 했더니

수영이든

축구든

농구든

운동이란

운동은

다 잘하는

건강한

아들로

자라주었구나

고마워

그래도

단 한순간도

아프지 않고

건강하게
자라 주어서
마지막
가는 그길로
모든 것
준비하고
아픔없이
주님께로 갔기에
고맙다
그냥
그것만으로도
고맙다

면허증

네가
그렇게도
소망하던
면허증도
그곳에서는
소용이 없겠구나
면허증
따려고 고생했는데
그래도
다행이다
면허증보다
더 따기
어렵다는
천국 시민증 땄으니
나중에
아직
아무도 본적 없는

천국 시민증

보여주라

아무나

누구나

갈수 없는 그곳

어찌해야 하는지

어찌 살아야 하는지

차분히

알려주렴

흔적

너를 찍은
사진의 흔적들
그러다
발견한
네가 그린
그림의 흔적을
그냥
네가 그린
그림의
흔적들을
바라보며
네가 남겨준
무언가가
있기에
감사함을 느낀다
누구보다도
미술에

달란트가
있었기에
이제부터
네가 남겨둔
그림
하나하나가
희망
하나하나가
되도록
사람들에게
잘 보여주마
어린시절
호기심에
그린

그림이 아니라
너에게는
아주 오랜 시간을
공을 들여
만들어 간
흔적이기에
예수님의
십자가의

흔적이
우리들을
지켜 주듯이
네가 남긴
그림의 흔적이
살아남은
우리들이
어떻게
살아야 하는지
어찌
살아야 하는지
희망이 되어
용기가 되어
우리를
응원하겠지
그림
진짜 멋있다

하늘

저 높은
하늘을
그렇게도
멋있어 하더니
결국에는
우리 몰래
그 하늘을
다 독차지 했구나
아름다운
그곳에서
너무나도
아름다운
그곳에서
이제
행복하게
살아가렴

02 등대가 되어주렴

거련이를 보내고

너무나도 힘겨웠던 일주일을 보내고

휴대폰 액정에 적어 놓은 문장입니다.

'등대가 되어주렴'

살아 있어 살아가야 하는 세상속에

힘들고 어려워 주저앉고 싶을 때마다

이제 거련아

네가 등대가 되어 주렴!

우리들이 사랑하던 예수님

네가 먼저 가서 만나고 있으니

이제는 그곳에서 바로바로 우리에게 알려주어

너보다 조금 더 산 이 세상에서

후회하지 않도록

거련아

이제는 등대가 되어 주렴!

감사 찬송

날 구원하신 주 감사
모든 것 주신 감사
지난 추억 인해 감사
....
아픔과 슬픔도 감사
....
절망 중 위로 감사

이 찬송이
언제나 기쁘고
감사한 찬송으로
불러지던 찬송이었는데
몰랐습니다
감사 찬송을
부른다는 것이
얼마나 큰
용기와 믿음을

필요로 하는지
오늘도
되뇌어 봅니다
절망중 위로 감사…
오늘도
불러봅니다

약속

다음에

만나서

밥 한번 먹자

같이 한번

앉아서

이야기 좀 해 보자

언제 한번

시간 내서

차 한잔 마시자

지금까지

수 없이

많은 사람들과

약속을 했지만

제대로

지킨 적이 없답니다

그럼에도 언젠가는 시킬 약속이기에

걱정하지 않았는데

이제

그 약속

지킬 수 없게

되었습니다

정직

사람이

살아가면서

정직해야

한다는 사실을

너무나도

깊이 깨달았습니다.

한 명은

속일 수 있어도

잠시는

속일 수 있어도

사람이

죽고 나면

아무것도

비밀은 남아 있지 않기에

거짓으로

살아온 사람은

거짓의

댓가를 받을 것이고
정직하게
살아온 사람은
정직한 열매를
누린다는 사실
깨달았습니다.

또 다른 눈

세상 사람들
누구나 보면
좋아하는 사람들이
동일한 것 같습니다
성공한 사람
예쁜 사람
잘난 사람
그러나
누군가에게는
또 다른 눈이
있던 것 같습니다
누구도
바라보지 못한
그 사람을
찾아내어
바라만 주어도
용기를 내던 사람들이

있었답니다.

저도

그 사람들 중에

한 명 이랍니다.

자랑

알고 있다는
사실만으로
자랑스러운
친구가 있답니다
누구나에게
소개하고 싶은 사람
누구나에게
자랑하고 싶은 사람
거련이가
그런 친구였답니다
오늘밤
거련이가
참 많이 부럽습니다
오늘도
여전히
거련이가

나의 제자였음이
자랑스럽습니다

재벌

꿈이 뭐냐고
물어보면
언제나
재벌이
될 거라 했습니다
허황된 꿈이고
그릇된 꿈인줄 알았는데
알고 보니
이런
약속을 많이 했습니다
개척교회
목사인 저에게는
나중에
교회하나 지어준다
약속을 하고
어려운 친구들에게는
집 시준다고 하고

외로운 할머니에게는

효도 여행 시켜 준다고

자기가

알고 있는

모든 이들에게

약속을 했답니다

그러니

이거

재벌이 되지 않고는

아무것도

지킬 수 없으니

그 꿈

하나는

잘 잡은 것 같습니다

이제

누군가가

다시

그 꿈을

이어가기를

바랍니다

사람관리

시간 관리하는

이야기는

참 많이

들었답니다

그러나

나이가 많은

어른들과

이야기를 하다보면

시간보다

더 중요한 것이

주변 사람들을

관리하는 것이라 합니다

그러나

아직은

혈기가 남아 있기에

언제나

기분이 앞서고

감정이 앞서는데

이번에

정말 확실히

느꼈답니다

주변의

소중한 사람들도

평소에 잘 관리를

해야 한다는 사실을

쉽지 않지만

그래도

시작해야 할 일입니다

사람관리

함께 있는 사람

미국에서
한국으로
방학을 오면
거련이는
언제나
새벽에 집에 옵니다
어느 날
도대체
매일 밤마다
누구를
만나고 오냐고
혼을 내니
자기를 만나려는
사람들이
너무나도 많답니다
그래서
왜 꼭 너냐고

왜 너만

그 친구들 옆에

있어야 하냐고 물어보니

그 친구들은

자기가

함께 있어 주길

원한답니다

그래서

졸리고 피곤해도

아무것도

안 하더라도

함께만

있어주는 사람이라도

되어 주려고 한답니다

함께

있어만 줘도

좋은 사람

생각 할수록

멋진 사람입니다

가족

누군가는

져 주어야 하는 일

누구나

다 이겨야만 하는

세상에서

살아가고 있지만

영원히 져도

절대로

속상하지 않기에

영원히 져주며

영원히 아끼며

영원히 이해하며

함께

살아가고 싶은 사람들

가족

내 가족

우리 가족

한번 더

한번 더

해보렵니다

해보다

해보다 안되면

포기 했었지만

이제는

한번 더

해 보렵니다

여기에서

포기하기에는

너무나도

미안한

사람이 있기에

힘들어도

어려워도

한번 더

해 보렵니다

천국

천국이
있기에
오늘은
안심입니다

만약에
천국이
없다면
불행입니다

그나마
천국이
있어서
감사입니다

이제는
그날을

그리며

살아갑니다

사랑

남자와
여자가 만나서
사랑을 합니다

아버지와
아들이 만나서
사랑을 합니다

남자와
남자가 만나서
사랑을 합니다

그리고
스승과
제자가 만나서
사랑을 합니다

세상은 참으로
사랑하며
살아가기에
좋은 곳입니다

사랑합니다

후회

지난 시간
후회하지
않으렵니다

못다한
이야기로
전해 주지 못한
선물들로 인해
후회하지
않으렵니다

후회라는
단어보다는
미안이라는
단어보다는
감사라는
고백을 하렵니다

그동안의

모든 시간들을

남겨진

모든 것들을

모두다

감사로

남기렵니다

하나님은

하나님은
실수하지
않으시는 분이십니다
우리가 걷는
이 길이
우리가 세운
이 계획이
우리의 생각대로
되지 않는다 하여도
하나님은 절대로
실수하지
않으시는 분이십니다
분명
안개가 걷히고
빛이
뚜렷이 보일 것입니다
믿습니다

오늘의
이 모든 상황의 안개가
걷힐 날이 올 것입니다
믿기에
하나님을 믿기에

친구들

아무도 없는

빈 영안실

모두다 돌아가고

유족들도

곤히 잠든

새벽 네시에

갑자기

흐느끼는 소리에

두 눈을 떠 봅니다

거련이

친구 녀석들이

다시 찾아와

소리내어

울고 있습니다

도무지 잠들 수 없는 밤

잠시 잠든

아버지도

다시금 일어나
눈물을 짓습니다
거련이가
보고 싶다며
흐느끼는
친구들 때문에
우리들도
다같이 웁니다

친구들아
오늘은 울지만
내일은 울지 말거라
그리고
사랑하는
네 친구를 위해
친구 대신
이 땅에서
정말로
멋있게 살아주렴
부탁한다
친구들아…

소수민족

동생

친구들이

모두다

예쁜 사람이 없다며

구박하더니

동생보고

소수 민족의 리더라는

별명을

지어 주었답니다

그 말에

그래도

리더라서 좋다며

웃고 있는

착한 동생의

친구들도

학교에 가기 전

마지막으로

인사하러 왔답니다

그 착한 동생이

진짜로

오빠 몫까지

더 훌륭하게

리더로 자라주길

기도합니다

나눔

어느
누구에게나
우리가
나눌 수 있는
모든 사랑을
나누어 주며
그렇게
후회 없이
사랑하며 삽시다
냉장고 안
작은 반찬이라도
입던 옷이라도
주머니 속
마지막
동전이라도
나눌 수 있을 때
사랑하며 삽시다

사랑 없이

우린

아무것도

나눌 수가 없답니다

행복

행복은
오늘이랍니다
오늘
행복하지
않은 사람이
나중에
더 나중에
다시
행복해 지기는
너무나도
어렵답니다
오늘
행복을
누릴 수 있는
당신이야 말로
진정으로
행복한
사람이랍니다

웃어봅니다

오늘 좀
힘들고
어려울 수 있지만
그래도
웃어봅니다
아직은
마지막이
아니기에
굳이
찡그리지
않으렵니다
그래도
웃어볼 수 있는
이유는
가슴 속에
남아 있는
등대 때문입니다

천사

알고 있었나 봅니다

하늘나라로

올라가기 전에

아빠에게

물어 보았답니다

사람이 죽으면

천사들이 데리러 오는 거냐고…

아마도

하늘나라

천사들이

자기를 찾아오는 것을

느끼고

있었나 봅니다.

거련아

천사들과는

많이 친해졌니?

잘할게

더 잘할게
오냐 알았다
이제 부터라도
더 잘할게
말로
해도 될 것을
꼭
이렇게 까지
해야 했니?
오냐 알았다
이제부터
더 잘하마
더…
더…

공부

공부를
해야 할 때가
있답니다
시간이 흘러
어느 날
돌이켜 본다면
아마도
많이
늦었음을
알게 될 것입니다
공부란
때가
있는 것입니다
오늘
이 글을
읽게 된 당신
더 이상

늦어지면

후회하게 된답니다

등대

칠흑같이
어두운
밤바다를
헤메여
본 적이 없답니다
그러니
등대의
소중함을
잘 알지 못했지만
그래도
알고 있는 사실은
오늘밤도
어느 누군가에게
등대의
불빛은
생명이 되어
바뀔 것입니다

세상 사람

모두를 위한

등대가 아닌

살아야 할

어느 누군가를 향한

등대이고 싶습니다

등대지기

일 년
열 두달
365일 동안
등대가
단 하루도
꺼지지
않는다는 것은
등대지기의
희생과
헌신 없이는
불가능한 일이기에
오늘도
등대지기는
등대를
밝히러 올라갑니다
어느
누군가가

바라볼지 모르지만

어느

누군가가

바라볼 것을

알고 있기에

등대지기는

오늘도

그 사명

감당하러

올라간답니다

그래서

고마운

사람입니다

당신

내 마음에

등대지기입니다

그래 가라

그래 가라
이제는
보내줄게
보내지
않으려
내 마음속에
널
잡아 두었지만
그래
이제는 가라
널
놓아주마
이제는
내 마음
작은 곳이 아닌
저 하늘
그 높은 곳에서

누군가에게

희망이 되거라

이제는

널

놓아주마

고속철도

KTX보다

넌

더 빠르구나

아니

비행기 보다도

더 빨랐네

뭐가

그리 급했기에

그렇게

빨리 갔을까?

그래도

더 일찍가면

더 오래

쉴 수 있듯이

너는

누구보다

빨리 갔으니

여유있게
쉬면서
이제 좀 더
늦게 도착해
피곤한 우리를
기다려 주거라
좋니?
그곳은…

행복바이러스

널 아는

모든

사람들은

행복 바이러스에

중독 되었더구나

그렇게

모든 사람

행복에

중독 시켜 놓았는데

갑자기

슬픔의

바이러스가

너의 사람들을

물들여

가고 있구나

이제 다시

그곳에서

행복한

바이러스를

우리에게

보내주렴

네가

살아 있어

늘 그러했듯이

행복한

바이러스를…

선물

이 글들이
이 시집이
이 노래가
이 사진이

네게
보내는
마지막
선물이구나
선물
받았으면
받았다는
답장과
선물 받은
기분이 어떤지는
반드시
꿈에라도

말해주어야 한다
잘못 가지
않았기를
이 선물
이 마음…

남겨진 추억

너와의
남겨진 추억이
있기에
더
내일이란다
비록 짧았던
너무나도
짧았던
추억이었지만
그 추억으로 인해
참
많은 시간들이
행복 할 수
있겠구나
남겨진 추억들을
절대로
슬픔으로

남겨두지 않을게

그곳에서

이제는

새로운 추억을

만들어 보거라

자! 다시 갑시다

자!

이제

우리 모두

다시

각자의

길을 갑시다

잠시 모여

서로의

마음을

모두다 나누었으니

자! 이제는

우리 모두

다시 갑시다

삼일 내내

약속 했듯이

이제는

더 후회없이

살겠다고

약속 했으니

이제는

그 약속 지키러

모두 다 갑시다

모두

다음에 봐요

후회없는

자리에서…

자!

이제 다시 갑시다

03 널 보낸 후 아직 다 못다한 이야기들

몰랐습니다.

어느 누군가에게 이렇게도

하고 싶은 이야기가 많았는지

정말로 몰랐습니다.

같이 있을 때는 함께 살아 갈 때는

내일하면 되지

다음에 만나서 하면 되지 라며

무심히 넘겼던 이야기들이

이렇게 많은 줄 몰랐습니다.

여기 그 많은 이야기들을 조금 모아 봅니다

그리고 이 이야기들의 댓글이

달릴 저 하늘을 바라보며

다시 만날 소망을 가져 봅니다.

습관

어느 날부터

학생들에게

강의를 하는 날이면

눈가가

아파지는

날들이

많아지고 있답니다

아마

이것도

습관인 것 같습니다

그냥

아이들을

바라만

보고 있어도

눈가가

아파옵니다

평생

이럴 듯 싶습니다

후회

후회할 짓
안 할랍니다
매일
내 맘대로
살아놓고
시간이
흐르고 나면
후회스럽다
말한답니다
오늘도
다시 한번
독하게
제 자신에게
소리질러 봅니다
이제
다시는
후회할 짓
안 할랍니다

만남

어디를

가든

누구를

만나든

언제나

삶에 있어

가장

중요한 것이

만남 임을

알려주고 있습니다

좋은

스승님과의 만남

좋은

친구와의 만남

좋은

이웃과의 만남

아차!
그리고
또 당신도
좋은 사람이 되어
좋은 만남의
대상이
되어라 라고
말해주고 있답니다

해보자

못한다고만
하지만 말고
어렵다고만
말하지 말고
도망갈거라고
움직이지만 말고
이제는
한번
해보자
네가 하기
싫어 하는
그 일이
누군가에는
그냥
평생에 한번
해보고 싶은
소원이

있을 수 있으니

이제

그만 버티고

이제는

한번

해보자!

여기는 이상무

여기

네가

사랑하던

가족들과

친구들은

오늘도

감사하게

아픔을

잘 이겨내고

다시금

용기를 내어

하루하루를

살아가고 있단다

여기는

이상무! 란다

이제는

그곳

상황을

좀 알려주렴

여기는

이상무! 란다

그곳은…

믿음

믿음이란

지금

이 현실을

담담히

받아 들이는 것

믿음으로

이겨내며

반드시

하나님의

뜻이 있음을

믿는 것

믿음이란

그러니

쉽게 믿는 말

말할 수 없고

모든

상황 속에시도

극복해

낼 수 있는

가장 위대한 힘

믿음이란

그런 것

기다려

걸어다니다

자동차를

타 보니

정말로 빠르다

그냥

철도를 타다

고속 철도를

타 보니

정말로 빠르다

그러나

어느날

비행기를

타보니

놀랄 정도로

빠르다

그리고

오늘

널 보내고 나니

넌

정말

빨리 가는구나

정말 너무 빨리…

기다려

우리

다시 만날 날

빠르게

올거다

아주 빠르게…

공부해라

그냥
길게
말하지
않을란다
공부해라
지금
네
나이는
공부해야 할
나이
그냥
이유
묻지마라
정말로
널 사랑한다
공부해라

버림

버리거라
네 안에 있던
모든 욕심들
네 안에 있던
모든 욕망들
아무도
모르지만
너만 알고 있는
쓰레기 같은
마음들
모두다
버리거라
주님이
이미
다 알고 계시단다
버리거라
걸렸단다

나이

나 이제

이번 주만

지나면

한 살 더 먹는다

이렇게

한 살 한 살

먹어 가다 보면

나도 이제

할아버지가 되고

그러다

우리 다시

만나면

넌

그러면

몇 살이냐?

좋다

내가

넌 봐준다

넌 영원히

19살 하거라

영원히…

아직 남겨진 꿈

아직은

남겨진 꿈이 있어

오늘은

따라가지

못한다

이 땅에서

아직

나에게

남겨진 꿈이 있어

내 맘대로

할 수 없으니

시키는 대로

순종하는 마음으로

아직

우리에게

남겨진 꿈

이루어 가기 위해

오늘도
최선을
다한단다
남겨진 꿈
모두다
이루는 날
가서 말해줄게
너도
네 꿈 들려줘라

비밀 글

누가봐도

그렇게

문제가

되는 것은 아닌데

여전히

많은 사람들은

비밀 글을

사용하고 있구나

사실상

살아가며

너무나도

많은

비밀이 있었기에

다

말할 수는 없지만

넌 이제

우리의

모든

비밀을

다 듣고 있겠구나

언제나

비밀이다

마지막

주님 앞에

서는 날까지는

어차피

처음부터

비밀은 없으니

스케줄

새로운
한 해에는
새로운
스케줄을
짜야겠구나
언제나
여름 전에
겨울 전에는
서로의
스케줄
맞추기가
쉽지 않았는데
이번
겨울도
여전히
네가 없음에도
스케줄

맞추기는
쉽지 않구나
넌
이 다음
스케줄이
어떠냐?
궁금하다
매일…

넌 어떠니?

자꾸만

슬퍼지는

날들이

많아진다면

계속해서

슬퍼해야 할까?

아니면

더 힘을 내서라도

슬픔을

이겨내고

더 기쁘게

살아가야 할까?

말은 쉽지만

행동은 어려운 것?

넌 어떠니?

너는

어떻게 했니?

내가

알기로는

너는

더 힘을 내어

기쁘게 산 것 같은데

우리가

알고 있던 게 맞다면

우리도

그렇게

해야 하는 거겠지?

궁금하다

넌 어떠니?

아쉬움

더 ·
더 · ·
더 …
못해준
아쉬움
더 ·
더 · ·
더 …
못챙긴
아쉬움
더 ·
더 · ·
더 …
사랑해주지
못해 생긴
마음 한구석

대못 자국이

아쉬움 입니다

바보

바보의

특징은

언제나

자기가

손해 보는데도

불구하고

웃고 산답니다

바보의

특징은

언제나

자기가

어려워지는데도

불구하고

그 일을 한답니다

바보는

언제나

자기는

바라보지 못하는

단점이 있지만

그러나

그 바보는

오늘도

행복하답니다

그래서

너도 바보였고

나도

바보처럼

살아가고 싶습니다

그것이

더 좋을 것 같습니다

향기

어느 날
사람들이
말한단다
네가 없는
자리에도
네가 남겨 놓은
향기가 있다는데
모든
사람들이
알 수는 없지만
너를 아는
많은 사람들은
누가
먼저라 할 것 없이
네가
남겨 놓은
향기들을

느낀단다

너 참!

이 땅에서

향기롭게

살았구나…

마지막 부탁

어렵게

용기를 내어

만들어간 책입니다

괜한

사진과 글들이

가족들이나

친구들에게

더 큰 슬픔으로

남겨지지

않을까

걱정하며

써 내려간

글들입니다

감사하게도

가족들의

허락을 받고

가족들도

함께

써 내려간

글들을

부탁하고

싶은 것은

단 한 가지입니다

기억해

달라는 것입니다

한 친구의

삶을 통해

사람은 누구나

때가 되면

왔다가

때가 되면

돌아가는

그곳이 있다는 사실을

누구나 다

그 때를

본인들이

만들 것처럼

살아가고 있지만

본인이

결정할 수 없답니다

다만

그때와

시간이

언제이던지

절대로

후회없이

그래도

감사하게

받아들이길

원한다면

준비하셔야

한다는 것입니다

여기

등대처럼

살다가

등대로 남아

하늘로 올라간

사랑하는

친구를 소개하며

이제

저 하늘에서

비추어지는

등대를 따라

어긋났던

수 많은

사람들이

돌아오기를

기다립니다

마지막

부탁입니다

이제는

이 불빛을 보고

지금 혹시라도

어긋난

현실에서

속히

돌아오시기를

부탁드립니다

꿈속에서 너를 보았다

꿈속에서 너를 보았다.

네가 하늘로 간 후 한 달도 넘게 보이지 않더니

다섯 살의 모습으로 나타났더구나.

땀을 뻘뻘 흘리며 친구들과 놀던 모습이

얼마나 귀엽고 예쁘던지.

꿈속에서도 그것이 꿈인 줄 알았는지

다시 깨기 싫다고 너의 엄마를 붙잡고 울었다.

이제는 적응이 될 만하건만

나는 네가 미국에 있는 느낌이 들고

목련공원에서 너를 보아도

그냥 꿈을 꾸고 있는 것 같다.

세월이 흘러 가도

시간이 흘러

몇 달이 지나고

또 몇 년이 지나면

많은 사람들의 기억 속에서

너는 점점 잊혀지겠지만

나에게는 언제나

19세의 선명한 모습으로

영원히 남아 있을거다.

거련 선배

하나님의 영광 안에 거함

끊임없이 샘솟는 기쁨

믿음의 선진들을 만나는 감동

거련아

부럽다

너는 지금 이 모든 것을

맘껏 누리고 있겠지

네가 그 곳에서는

나보다 선배이니

언젠가

나도 천국에 가서

거련 선배

하고 부르면

얼른 나와

나를 맞아 주렴.

큰 그릇

언젠가

너의 미니홈피 일촌평에다

우리 시대의 큰 그릇이라고 썼다.

그건 정말 크게 될 것을

바라며 남긴건데

너무나 짧은 삶

이 땅에

아무런 업적도 남기지 않았지

네가

우리에게

보여주고 심어준

그 사랑만으로도

너는 이름값을 했다.

❉ 엄마가 아들 거련이에게…

거련아!

꿈을 꾼거 같다

세상에서 일어나지 못할 일은 없다는 것도 알게 되었다

그날 아침,

긴 머리가 싫다면서 목덜미가 하얗게 드러나도록

짧게 머리를 깎고는 배시시 웃던 예쁘고 앳된 얼굴이

다시 보고 싶구나.

건장한 청년의 몸이지만 아기처럼 잠자는 듯한 얼굴을

보면서 그저 마지막 인사로 너를 보낼 수밖에 없었다.

"잘가, 고마웠고 사랑해"

항상 통통 튀는 물방울처럼 맑고 사랑스러웠던 너

너희들을 바라보고만 있어도 너무 행복해서 가슴이

뻐근해지곤 했단다.

어느 날 베란다에 사다 놓은 작은 화분을 보고는

"엄마, 저 꽃이 저기 없었을 때는 도대체 어땠을까요?"

하며 좋아하고 갑자기 비가와서 급히 우산들고 찾아가면

환한 얼굴로 엄마 먼저 들어가라면서 집이 먼 친구를

집까지 바래다주고 오던 너

겁도 많고 정도 많고 사랑도 많아서 항상 분주했는데…

이사한 새 집은 구석구석 거련이 손길이 닿아 있고

힘들다하면서도 끝까지 버무려 넣은 김치도 이젠 맛있게

익었단다

8월이면 미국 간다고 했었는데 미국보다 더 좋은 천국으로

불러가셨구나

웃음 많고 사랑스런 장난꾸러기

꽃도 많이 주고 많이 웃게 해주고 많이 사랑해줘서 고맙다

멀리 있던 천국이 가깝게 느껴진다.

아들로 이 땅에 함께 살아준 사람이 거련이어서

너무 행복하고 좋았다.

이젠 편히 쉬고 있으렴. 사랑해. 거련아.

사랑하는 우리오빠

오빠, 천국은 행복만 있는 곳이지?

그곳에서 영원히 행복할 오빠를 생각하면 슬픔이 잠잠해져

내가 오빠를 얼마나 사랑하는지 이제는 느낄 수 있지?

가족이기 때문에 사랑을 표현하기가 너무나 쑥스럽고

부끄러워서 난 한번도 오빠에게 사랑한단 말을 하지 못했어.

오빠가 눈을 감은 그 날, 나는 처음으로 오빠의 볼에 입을

맞추고 사랑한다고 말했어.

살아 있을 때 표현했으면 좋았을 걸 하고 후회도 했었지만

그래도 오빠가 하늘에서 날 지켜보고 있다고 믿기 때문에

내 마음도 보일 거라 믿어.

오빠처럼 이렇게 사랑받는 사람이 또 있을까 싶을 정도로

모든 이들에게 너무너무 사랑받은 오빠

성별도 다른 내가 질투를 느낄 만큼 말이야

내가 오빠를 얼마나 사랑하고 생각하고 자랑스러워했는지

오빤 모를거야. 항상 친구들에게 오빠랑 있었던 일들을 말해주면

나를 얼마나 부러워했다고. 그리고 오빠가 늘 입에 달고 살던

"나 같은 오빠 없다"라는 말. 그 말 정말 인 것 같아.

친구들 중에 오빠 있어서 좋단 말 오빠가 잘해줬단 말 한번도 못

들어봤거든.

오빠는 나에게 최고의 오빠야.

어렸을 때는 우리가 서로에게 가장 좋은 친구였지.

서로 죽일 듯 매일 싸우기도 하고 또 언제 그랬냐는 듯

너무 예뻐 해주고

커서는 오빠가 미국에 가는 바람에 내가 많이 외롭고 심심했지만

한국에 잠깐씩 있을 때 바쁜 와중에도 나랑 놀아주고 내 말도 잘 들어줘서

너무 고맙고 좋았어.

역시 동생을 이렇게 생각해주고 신경 써 주는 사람은

우리 오빠 뿐이구나! 생각했지.

오빠, 나를 예뻐해 주고 사랑해줘서 너무너무 고마워.

나는 오빠의 동생이기 때문에 너무너무 행복했고

다른 사람이 아닌 바로 오빠가 나의 오빠이기 때문에 너무너무 행복해.

오빠에게 받은 사랑, 평생 소중히 간직하고 기억할게.

오빤 나에게 가장 소중한 사랑이야.

천국에서 우리가 다시 만날 때 어떤 모습으로 만날지 참 궁금한데

만약 가장 행복했던 모습으로 만나는 거라면 난 아마 18살 소녀의

모습일거야.

이번에 오빠가 한국에서 머물면서 우리가족 네 명이 모두 만난 그 순간부터가

난 가장 행복했으니까

2008년이 내 생애 가장 행복하고 가장 슬픈 해였어.

절대 잊지 못 할거야

오빠, 우리가 천국에서 다시 만나면 그때도 우린 영원히 사이좋은 남매겠지?

사랑해…

단 하나뿐인 나의 오빠야

오빠를 가장 사랑하는 동생 수련이가…

거련이가 하늘로 올라간 날 그날 이후에도

거련이의 홈페이지는 여전히 인기가 많습니다

수도 없이 많은 친구들과 동생들과 선배들이

쉬지 않고 방명록에 글들을 남깁니다

예전처럼 댓글이 달리지는 않지만

어느 날 다시 만날 날을 기다리며

올려 지는 글들 속에 시간이 지나

점차 잊혀 지더라도 참 많은 이들에게

웃음을 전해주고 떠난 거련이에게

고맙다 말해주고 싶습니다

거련아! 그곳에는 인터넷이 안될거 같아

여기 글로다 적어 보낼게

너무 많아 다 적지는 못했다

미안해…

¤이송원

나 매일 니 홈피 들러서 이렇게 방명록 쓰고 가는게

이제는 하루 중에 꼭 해야 할 일처럼 되어버렸다.

너무 보고싶다^^

잘 지내고 있을 거라는 건 알지만.

막상 니가 이 세상에 없다는 생각을 하면

아직도 눈물이 나고 그래.

얼른 시간이 흘렀으면 좋겠다.

¤나준흠

오늘 너 있는 곳에 갔다 왔는데… 사진 속에서 어찌나 해맑게 웃던지…

짜식, 가경동에서 너와의 추억이 참 많았는데…

집에 오는 길에 여기저기 차 끌고 돌아다녔는데…

너와의 추억이 새록새록 했다.

천국에서 다시 만났을 땐 더 좋은 추억으로 더 재밌게 놀자…

그리고 네가 우리 가족한테 했듯이…

수련이랑 권사님… 형이 잘 챙길게…

너만큼 챙기진 못하겠지만 노력할게…

그리고 형이 약속했듯이 정말 너 보러 자주갈게. 나쁜놈… 또 오마…

¤정현영

하나님께서는 우리의 만남을 계획해 놓셨네

우린 하나되어 어디든 가리라 주 위해서라면

무엇이든 하리라 주님과 함께

우리는 하나되어 함께 걷네

하늘아버지 사랑 안에서

우리는 기다리며 기도하네

우리의 삶에 사랑 넘치도록~~

거련아 !

하늘나라 유학생활은 괜찮냐? 하늘의 언어는 잘 배우고 있고?ㅋㅋ

항상 옆에 있음을 느끼며 살고 있다

네 사진을 보다가 네 친구들이 많이 보고 싶을거 같아서 내 싸이에 올렸다

놀러 와서 네 사진보고 목소리도 듣고 삼촌한테 이런저런 얘기도 하고

어~ 그랬음 좋겠넹?ㅎㅎㅎ 친구들한테 전해줘!

¤서호산

거련아 형아 왔다^^ 천국은 어떻니?? 잘 지내고 있지?~ㅋ

우리 거련이 그곳에서도 항상 웃고 있겠지 웃음이 많은 우리 거련이었는데 ㅋ

형이 자주 들러서 글 쓰면서 니 생각하고 갈게

우린 사촌이라기엔 너무 가까운 사이였잖아

좋은 추억이 많아서 형도 이젠 마음 가라앉혔다~

처음 너 보낼 땐 참,, 믿기지도 않았고 그저 힘들기만 해서 눈물도 많이

흘렸지만

지금은 우리 거련이 하늘나라에서 편히 지내리라 생각하니 형은 그래도

맘이 놓인다 ^^

또 올게

¤최주희

아쉬움, 미안함 많고 많지만… 그것마저도 고마움으로 다 덮어버리는

우리 거련이… 나의 조카였던 거 고맙고 할머니, 할아버지, 온가족

한 사람 한 사람에게 특별했던 거 고맙고,

짜증내면서도 늘 씨익 웃던 모습에 온통 웃는 모습밖에 기억나지 않는 게 고맙

고, 네가 태어나던 그날부터 늘 고마움 뿐 이었구나.

온통 사랑을 주느라 너무 너무 바빴던 거련이… 이모~이모~그 목소리가 그

립다.

많은 사람에게 천국을 소망하게 한 우리 거련이 언젠가 천국에서

다시 보고 싶다.

반겨주렴

¤조용찬

형······ 천국에서 만나자···

¤송한나

거련아 하나님 품에서 평안하지?

세상 사는 게 너무 힘들 땐··· 니가 부러울지도 모르겠다.

아직도 곁에 있는 것 처럼 느껴지는 너··· 만질 수 없고··· 들을 수 없고··· 볼

수 없지만···

넌··· 누나 눈에서··· 머리에서··· 심장에서··· 항상 함께 할거야··· 사랑해 거련.

¤김하영

사랑하는 제자 거련아···

시간이 지나면 덜 슬퍼지리라 믿었는데 분명 그럴거라 확신했는데

시간이 지날수록 너의 잔상들이 내 맘을 더 아프게 하는 구나···

너와 영민인 내게 참 소중한 제자였는데···

즐거운 기억,, 재미난 추억,, 참 많이 만들어준 예쁜 제자들이었는데···

좀 더 잘해주지 못한 날들이,,

좀더 세심하게 챙겨주지 못했던 날들이 얼마나 미안한지 모른단다.

며칠 전 메신저로 나눈 대화조차 없었더라면

너에 대한 아쉬움과 미안함은 말로 표현하기 어려웠을거야.

사랑하는 거련아··· 너의 그 순하고 선하고 따뜻하던 모습 영원히 기억할게~

사랑한다···

ㅁ김영민

안녕? 아후… ㅋ지금 막 눈물 다 흘리고 이거 쓴다…나 이런 거 쓰기 싫어 진

짜…

전화해서 이야기하면서 만나서 놀고 욕하고 그러고 싶은대…

갈거면서 옷은 왜 샀어 신발은 왜 샀고 키 높이 깔창은 20개도 넘게 있었잖아

내것 처럼 비싼 잠바 산다고 그랬으면서…

만나서 사진 찍기로 했으면서… 왜 뭐가 그렇게 급했냐…

아이고..또 올게!

보고싶어… 자기

ㅁ정호영

거련이 형… 형 식장에 있다가 잠깐 들려…

아직 믿기지가 않아. 형이 어디 가 있는거 같아. 죽었다고. 아직… 느껴지지 않

네…

나 시험 끝나고 같이 놀자고. 그렇게만 말해 와서. 제대로 못 만나고

그러니 한국 들어와서 제대로 해본 게 없네…

미안해… 이제 다시 형 보러 갈 텐데… 이제 내일이면...진짜 안녕이네.

형… 잘 있는거지? 내가 갈 때^^ 환영 해 주는거 잊지 마!

☒서민규

아직도 꿈꾸는 것 같다.

운전면허 사진을 확대했다는 영정사진을 보면서도, 차게 식어버린 네 뺨을 만

지면서도, 네 이마에 입을 맞추면서도

이건 현실이 아니야, 거련인 다시 깨어날거라고 생각했는데…

너 때문에 행복했던 우리가 왜 이젠 너 땜에 슬퍼해야 하니.

너로 인해 웃었던 우리가 이젠 왜 너로 인해 울어야 하니…

오늘 점심 때 쯤 마음이 북받쳐서 도저히 운전을 못하겠더구나.

민우삼촌에게 전화하니 방금 화장을 시작했대.

그 시간 서울엔 보슬비가 내렸다.

아들을 잃어봤던 하나님도 네 아빠의 심정을 알고 함께 우시는걸까.

사랑하는 조카 거련아…

이 못된 놈아 넌 가면 그만이지만 난 네 아빠, 엄마가 너무 가엾다.

오빠 잃은 수련인 어떡하니… 넌 천국에서 보고 싶었던 왕 할머니 만나서 좋겠

지만 지금 네가 없는 집에서 남은 가족들은 너무도 힘든 시간을 보내고 있을텐

데… 참 힘든 숙제를 주고 가는구나.

네 아빠 엄마 수련이를 위로해 주는게 쉽진 않겠지만 그게 우리 몫이겠지.

네 가족이 행복하게 사는 걸 천국에서도 볼 수 있게 삼촌도 노력할게.

그리고 지금은 눈물로 널 보내지만 언젠간 우리 모두 기쁨으로 다시 만나자.

사랑해 거련아.

ⵔ백예슬

거련아~ 못 해준 게 많아서 미안해 항상 밀어내기만해서 미안해

좋은 곳에 가서 편하게 지내

넌 언제나 나한테 최고의 친구야 보고 싶다 거련아…

ⵔ강국현

만나자고 할 때 만날걸 후회된다. 바쁘다고 핑계만 대고 미안하다.

거기선 더 멋지게 살아! 너답게 폼나게 행복하고 푹셔라.

ⵔ서창민

거련아! 내 아들 거련아!

자식은 가슴에 묻는다는데 내가 당하고보니 그게 어떤건지 알겠다.

눈물이 흐르고 흘러도 마르지가 않는다.

하나님을 믿는 믿음으로 잘 견뎌야 한다고 하고 나도 그렇게 생각은 하지만 참

힘들구나.

얼마나 시간이 흘러야 너를 생각 할 때 눈물이 나지 않고 웃을 수 있을까.

너의 빈 방에 은채가 보내온 국화바구니를 놓았다.

새 침대와 새 책장 모든 것이 새 것인데 주인이 없구나.

거련아! 내 아들 거련아!

그래도 지난 5개월 남자 대 남자로, 아빠와 아들로,

장로와 성도로 많은 이야기 나눈 것이 고맙다.

그렇게 많은 약속이 있어도 아빠와 같이 저녁을 같이 먹겠다고 기다려주고,

무거운 짐 들 때마다 아들은 이럴 때 써먹으라고 있는거라며 힘자랑하던 모습

이제는 볼 수 없지만 좋은 추억으로 남겨주어 고맙다.

거련아 내아들 거련아 아빠가 자주 들를게 사랑한다.

좀 더 좋은 아빠 되지 못해 미안하다.

¤ 이영숙

물방울도 작아서 공기를 타고 하늘로 올라간 소년

네가 만들고자 했던 예쁜 꿈 모두어

넓고 푸른 하늘자락 가득히 펼쳐 보렴

지상에서 그리지 못한 미완의 꿈

새털구름으로 펼쳐도 보고

펼친 구름 모두어 비가 되어 내려도 보렴

가뭄 들어 버려진 묵정밭에

단비되어 내려 줄 아이

가난한 이들의 눈물을 받아

바다로 이끌 아이야

가끔씩 우리가 그리워지고

우리 또한 네가 보고플 때

파아란 하늘 자락 가득히

새털구름 브이자로 그려 놓으렴

서거련 미니홈피 주소 http://www.cyworld.com/totosgr2